크리스마스

범인을  찾아라

에스텔 비다르 글

크레상스 부바렐 그림

고정아 옮김

KB197279

탐정 놀이 하는 법

1 인형을 조립합니다. 책에서 인형과 받침대를 모두
떼어 내고, 인형을 받침대에 꽂아서 세웁니다.

2 인형들을 모두 앞에 놓습니다.

3 사건을 해결하려면 왼쪽 맨 위의 설명을 읽고 말풍선에 담긴
목격자들의 증언을 봅니다.

4 그런 뒤 그림 속 단서를 찾아보세요. 눈을 크게 떠야 해요.
어떤 단서는 꽁꽁 숨어 있거든요.

5 이제 인형들을 꼼꼼히 살펴보면서 범인이 아닌 사람을 하나하나 치웁니다.
마지막에 남은 사람이 범인입니다!

6 정답은 책 마지막에 있습니다.

모두 탐정 놀이 준비됐지?

용의자들

산타 할아버지

빨간 옷, 둥그런 배, 하얀 수염의
산타 할아버지는 세상 모두가 알지요!

산타 할머니

산타 할아버지의 아내예요. 할아버지를
'크고 귀여운 솜사탕'이라고 불러요.

엘리오

산타 할아버지의 조수로 할아버지의
모든 일을 도와줘요. 선물을 나눠 주는
썰매에도 함께 탑니다.

꼬마 요정들

꼬마 요정들은 키가 아주 작아요. 귀는 뽀족하고 손가락은
3개랍니다. 꼬마 요정들은 산타 할아버지 집에서 일해요.
아이들이 보낸 편지를 분류하고, 장난감을 만들고,
선물을 포장하는 게 모두 꼬마 요정들의 일이에요.

거인들

거인들은 덩치도 크고, 키가 아주 커서
머리를 부딪히지 않도록 조심해야 해요.
거인도 꼬마 요정처럼 귀가 뽀족해요.

산타 할아버지의 친구들

모두 산타 할아버지 집에서 멀지 않은 북극의 작은 마을에 살아요.
할아버지 집에도 자주 놀러 온답니다!

아이들

아이들은 크리스마스 선물을 손꼽아 기다리고 있어요!
하지만 말썽 안 피우고 착하게 살았을까요?

사건

1

크리스마스가 몇 주일 앞으로 다가왔어요. 북극은 지금 아주 들떠 있어요! 산타 할아버지는 열심히 체력 단련을 하고 있고, 할머니는 그런 할아버지를 위해 영양 많은 음식을 만들고 있지요. 꼬마 요정들은 아이들이 보낸 편지를 분류하고, 선물을 만들고, 배달 계획을 짜고 있어요. 순록들은 크리스마스이브를 앞두고 미리 잠을 자 두고 있고요. 그런데 오늘 아침 난리가 났어요. 순록 우리의 문이 열려서 순록 한 마리가 달아난 거예요.

누가 순록 우리의 문을 열었을까요?
그림에 숨어 있는 단서와 목격자들의 증언을 통해서 범인을 찾아보세요.

순록 우리는 빗장으로 잠가.
빗장에 손이 닿으려면 키가 커야 해.

누가 우리에서 급하게 나와서 저쪽으로
가는 걸 봤어요. 파란 옷을
입고 있었어요.

해마다 그렇듯이 산타 할아버지는 아이들한테서 엄청나게 많은 편지를 받았어요. 모두 일 년 동안 착하게 살았다고 장담하면서 받고 싶은 장난감을 말하는 편지죠. 우편물 담당 요정들은 몇 날 며칠 동안 편지를 분류했어요. 곰 인형을 원하는 편지, 책을 원하는 편지, 게임기를 원하는 편지 등으로요. 그런데 문제가 생겼어요. 어떻게 분류해야 할지 알 수 없는 편지가 있었어요. 그건 산타 할아버지에 대한 사랑의 편지였어요!

산타 할아버지를 짝사랑하고 있는 사람이 누굴까요?
그림에 숨어 있는 단서와 목격자들의 증언을 통해 찾아보세요.

장난감 작업장은 눈코 뜰 새 없어요. 크리스마스까지 며칠밖에 안 남았는데 아직도 만들어야 할 선물이 산더미예요. 다행히 요정들은 아주 열심히 체계적으로 일하지요. 모두가 일하는 방법을 잘 알아서 작업장은 착착 돌아갑니다. 그런데 오늘은 그러지 못했어요. 갑자기 기계들이 고장 난 거예요. 기계 담당 요정이 보더니 누군가 스패너로 기계들을 고장 냈다고 말했어요!

그림에 숨어 있는 단서와 목격자들의 증언을 통해 요정들이 범인을 찾을 수 있게 도와주세요.

산타 할아버지는 즐겁게 하루를 시작했어요. 늦잠을 자고 맛있는 아침을 먹은 뒤 휘파람을 불면서 상쾌하게 샤워를 했죠. 그런데 옷을 입으려고 보니까 옷장이 엉망진창이었어요. 할아버지는 즐거운 기분이 싹 사라졌어요. 특히 외투가 사라져서 더 화가 났죠! 모두 알다시피 빨간 외투 없는 산타 할아버지는 코 없는 코끼리, 팥 없는 찐빵이잖아요. 그러니까 얼른 외투를 찾아야 해요!

그림에 숨어 있는 단서와 목격자들의 증언을 통해서 사건을 조사해 보세요.

산타 할머니는 12월 초부터 '크고 귀여운 솜사탕'(할머니가 할아버지를 부르는 별명이라는 거 모두 알고 있죠?)을 열심히 돌봐 줘요. 할아버지가 건강한 몸으로 선물을 전달할 수 있도록 맛있는 음식을 잔뜩 해 주죠. 수프와 주스로 비타민을 주고, 국수와 밥으로 힘을 주고, 초콜릿케이크로는… 즐거움을 주어요! 그런데 할머니가 어젯밤에 만들어 둔 초콜릿케이크를 누가 한 조각 잘라 먹었어요!

케이크에 먼저 손을 댄 먹보가 누구일까요?
그림에 숨어 있는 단서와 목격자들의 증언을 통해서 찾아보세요.

산타 할아버지가 걱정에 잠겼어요. 오늘 아침 꼬마 요정들이 모두 심한 감기로 자리에서 일어나지 못하고 있어요. 보니까 요정들이 자는 방의 창문 하나가 열려 있었어요. 12월 한복판에 북극에서 말이에요. 감기에 걸리는 것도 당연하죠! 요정들은 아무도 창문을 열지 않았대요. 그리고 어젯밤 잠자리에 들 때는 분명히 창문이 닫혀 있었다고 입을 모았어요. 그러면 그걸 누가 열 수 있었을까요?

그림에 숨어 있는 단서와 목격자들의 증언을 통해서 이 수수께끼를 풀어 보세요.

산타 할아버지는 멋진 새 썰매를 마련했어요. 오래전부터 여기저기 땜질해서 쓰던 옛 썰매는 안녕이었죠. 새 썰매는 최신식이라 열선 좌석, 내비게이션 같은 모든 장치가 다 있었어요. 몸체는 빨간색으로 반짝반짝 윤이 났고요. 그런데 오늘 아침 할아버지는 기쁘게 썰매를 보러 차고에 갔다가 깜짝 놀랐어요. 누가 썰매를 알록달록하게 칠해 놓은 거예요. 썰매는 무지개 빛깔이 되었죠. 누가 감히 이런 일을 했을까요?

이 '예술가'가 누구일지 그림에 숨어 있는 단서와 목격자들의 증언을 통해서 찾아보세요.

사건 8

다음 날 밤은 산타 할아버지와 꼬마 요정, 순록이 모두 엄청 바쁠 거예요. 아이들이 자는 동안 온 세상의 크리스마스트리 아래 선물을 배달해야 하니까요. 모두 최고의 몸 상태를 유지하려고 오늘 밤은 푹 쉬고 있어요. 그런데 새벽 2시 무렵에 선물 창고에서 경보가 울렸어요. 경비 요정이 뛰어나가서 보고 깜짝 놀랐어요. 곧 배달할 선물들에 누군가 손을 댄 거예요.

그림에 숨어 있는 단서와 목격자들의 증언을 통해서 범인을 찾아보세요.

산타 할아버지가 꼭 지키는 전통이 하나 있어요. 그건 산타 할아버지의 아버지의 아버지의 아버지…
때부터 내려온 전통인데, 12월 24일에 선물 배달을 떠나기 전에 가족과 친구들을 모두 모아서 함께
사진을 찍는 거예요. 그런데 올해에는 그 사진을 보고 할아버지가 웃음을 터뜨렸어요. 사진을 찍는
순간 누가 장난으로 할아버지 머리 위에 토끼 귀 모양을 만든 거예요. 누가 이런 장난을 쳤을까요?

그 사람이 누구인지 알려면, 그림에 숨어 있는 단서와 목격자들의 증언을 활용해 보세요.

오늘 밤 아파트 전체가 잔치 분위기고, 집집마다 맛있는 칠면조 요리 냄새가 가득해요. 당연하죠. 크리스마스이브니까요! 모두가 즐겁게 대화하고, 웃고, 노래하고, 건배도 해요. 그런데 이런 즐거운 분위기를 망치는 일이 하나 있어요. 5분에 한 번씩 전기 퓨즈가 나가서 건물 전체가 1, 2분 동안 어둠에 잠기는 거예요. 누구 때문에 퓨즈가 자꾸 끊어지는 걸까요?

그림에 숨어 있는 단서를 잘 살펴보고 목격자들의 증언을 읽어서 이 수수께끼를 풀어 보세요.

사건
11

드디어 12월 24일 밤 자정이 되었어요! 순록을 썰매에 묶고, 요정들이 썰매에 선물을 가득 싣고, 산타 할아버지와 엘리오는 배달을 떠나려고 썰매에 올라탔어요. 그리고 별빛 속에 첫 목적지인 작은 마을 르장팡사주를 향해 날아올랐지요. 그런데 이게 무슨 일이에요? 썰매의 내비게이션이 고장 나서 등록해 둔 주소가 싹 지워진 거예요. 할아버지는 어디에 선물을 배달해야 할지 알 수가 없었죠! 누가 내비게이션에 손을 댄 걸까요?

그림에 숨어 있는 단서와 목격자들의 증언을 통해서 그게 누구인지 밝혀 보세요.

12월 25일에 산타 할아버지와 할머니는 가족과 친구를 모두 불렀어요. 크리스마스트리 아래 모두에게 줄 선물이 있었죠! 꼬마 요정 한 명이 분류표에 적힌 대로 선물을 나눠 주었어요. 그런데 트리 앞에는 아주 큰 선물 상자가 남아 있었죠. 그 상자는 아주 컸어요. 모두가 조용히 그것이 자기 선물이기를 바랐어요. 그것은 누가 받을 선물일까요?

그림에 숨어 있는 단서와 목격자의 증언을 통해서 누가 그 선물을 받을 행운의 주인공인지 찾아보세요.

사건 1

범인 : 니콜라
단서 : 파란 바지를 입고 있고, 빗장에 손이 닿을 만큼 키가 크고, 전나무에 초록색 장갑 한 짝이 얹혀 있고, 순록 한 마리가 그의 빨간 점퍼 조각을 입에 물고 있다.

사건 2

범인 : 쉬지
단서 : 사무실 열쇠를 갖고 있고, 윗도리에 타자기의 파란 잉크 자국이 있고(책상에도 큼지막한 파란색 손가락 자국이 찍혀 있다), 편지에 찍힌 입술 자국처럼 핑크색 립스틱을 발랐다.

사건 3

범인 : 사샤
단서 : 공구 판에 걸려 있던 스패너가 주머니에 있고, 작업장 한구석에 숨어 있고(모자가 튀어나와 있다), 감기에 걸렸다.

사건 4

범인 : 베르나르
단서 : 키와 덩치가 크고, 줄무늬 양말을 한 짝만 신고 있고, 산타 할아버지 옷장 안에 발이 튀어나와 있다.

사건 5

범인 : 로미
단서 : 머리에 아무것도 안 쓰고 있고, 셔츠에 초콜릿 자국이 있고, 키가 작아서 의자를 이용해야 케이크에 닿을 수 있다. 또, 로미는 평소에 안경을 쓴다.

사건 6

범인 : 클레르
단서 : 손전등이 있고, 장대 없이 창문을 열 수 있을 만큼 키가 크고, 통로에 물 자국을 남겼고, 빨간색 장갑 한 짝도 흘렸다.

사건 7

범인 : 산타 할머니
단서 : 금발이고, 치마에 페인트 자국이 있고, 차고 바닥에 노란색으로 굽 높은 부츠 자국이 찍혀 있다. 산타 할머니는 벽의 널빤지를 밀어 열고 들어왔다.

사건 8

범인 : 폴린
단서 : 선물들이 대부분 빨간 리본으로 포장되어 있다(여자 어른용). 그리고 폴린은 이마에 반창고를 붙였고, 바지에 셀로판테이프가 붙어 있다.

사건 9

범인 : 앙주
단서 : 뒤축에 쇠를 댄 부츠를 신었고, 감기에 걸렸고, 산타 할아버지 뒤쪽에 분홍색 모자가 보인다.

사건 10

범인 : 폴
단서 : 화려한 조명을 잔뜩 켜서 전기를 많이 쓰고 있고, 1층 전기 계량기에 안경을 두고 왔고, 폴이 있는 4층은 엘리베이터가 연결된다.

사건 11

범인 : 플로콩
단서 : 목도리를 했고, 가방에 과자가 있고, 썰매에 손가락 3개짜리 손자국이 찍혀 있다.

사건 12

범인 : 살로메
단서 : 수수께끼의 선물은 리본이 보라색이고(여자아이용), 살로메는 여자아이 중에 키가 가장 크고, 선물을 한 개밖에 열지 않았다.